청어詩人選 367

행복 만들기

비추라 김득수 시집

청어 도서출판

행복 만들기

비추라 김득수 시집

시인의 말

아픔이 묻어난 나의 시는
애환이 설인 삶을 이야기한 것입니다
상처받은 영혼을 노래한 것이기에
꽃처럼 곱지도 향기롭지도 않은, 길들어지지 않은
나그네 방황입니다

감미롭고 정분나도록 사랑을 포장한 시는
가슴 속 그 누군가를 그리워하며 한평생 마르지 않는
눈물이 강물처럼 넘쳐 황혼을 바라보며
영혼을 적십니다

하늘을 향해 자유롭게 써 내려간
수많은 산문시가 고난 속 아픈 영혼을 달래며
거룩한 성역에서
살짝 읊어 댈 수밖에 없는 뼈아픈 사연을
세상 한편에 옮겨 놓은 것입니다

이번 『행복 만들기』
7집에서도 여러 가지 시로 주님과 동행하며
아름답게 써 내려간 사랑 시집이기에 독자님께 좋은
이미지로 다가가고 싶습니다

2022년 늦가을 비추라 김득수

차례

2부 쉽게 살았습니다

3부 사랑해서 미안해

4부 누가 날 울리는 건데

5부 울고 있는 당신

1부

시련도 선택인가

불편한 친구를 변화시키고 나면
주님은 다신 그런 친구는 붙여 주지 않을 것이다
또 다시 만나도 기도해 줄 수 있는 사랑의 열쇠가
나 자신에게 있기에 더는 문제가 안 된다

소망을 잃은 자를 위하여

그댄 알고 있는가
일하지 않는 자는 먹지도 말라고 했는데
지금 그대는 열심히 살려고 노력하고 있는지
그대의 삶을 보여줄 수 있는가

혹 지루한 삶 속에 아직도 어머님의 젖을 빨고
순진한 아내의 눈물을 빼며 있지나 않은지 그렇다면
못난 자신을 버리고 소망을 가져야 한다

날마다 술에 취해
귀한 인생을 낭비하며 삶을 살고 있다면
고난의 터널은 매우 어둡고 길어질 뿐이다

사내가 방황하는 것도
한때 잠깐이지 행복한 삶을 살고 싶다면 소망 없고
길 없는 술잔에 눈을 떼고 하늘의 소망으로
영혼을 깨워보라

소망을 가진 자는 험난한 고난은 멀어지고
상한 영과 육신을 회복시켜서 고난에서
그댈 건져 줄 것이다

결혼하소서

사랑하는 자여 독신을 주장하지 마라
독신이 홀가분하고 자유롭다고 하나 부모님께
큰 불효에다 가슴에 못을 박는다

부모가 있었음에 그대 자신이
아름답게 존재하는 것처럼 이젠 그 은혜에 감사와
보답해야 할 때이다

주님은 사랑하라고 남녀를 구분 지어
그대의 짝도 만들고 둘이 좋아하라고 사랑의 밤도
만들어 주셨는데 독신을 주장하다니
웬 말이냐

홀로 가는 그대가
삶을 값없이 사니 긍휼히 여겨져 가슴이 아프다
그대 귀한 반쪽이 애처롭게 울고 있을 것을
생각하면 빨리 그 짝을 찾아야
하지 않겠는가

사랑으로 풀어야 할 일

당신은 인간관계에
남모르는 어려움을 겪고 계십니까

까다로운 친구와 직장 상사를 만나
고생하신다면 풀지 않고선 고달픈 삶에 연단을
받을 수밖에 없습니다

다들 밝은 모습으로 잘 지내는데
나만 미움을 받고 있다면 자신을 조금 낮추어
그를 사랑으로 보필해 보십시오

모르긴 해도 자신이 섬긴 만큼
사랑은 돌아오기에 까탈진 그분의 마음을 열 수
있는 기회가 반드시 찾아오리라
믿습니다

그렇지 않고 그를 대적하거나
다른 직장을 찾아 떠나 버린다면 그런 상사분은
또다시 기다리고 있을 것입니다

그러나 끝까지 사랑을 가지고
상사와 동료를 섬긴다면 당신 앞엔 힘들게 하는
분이 보이지 않습니다

섬김은 결국 자신을 사랑하는 것이고
그 섬김으로 말미암아 그분이 나를 지킬 수
있는 기회가 될 수 있습니다

건강할 때 건강을 챙기자

나는 친구와 함께 어느 고인의 빈소를
찾아 영정을 보며 이른 나이에 저세상으로 갔다고
서로 애도했는데 그런데 그 친구가 빈소에
모셔져 있으니 세상 참 허무하다

시작하는 삶이 있다면
끝나는 삶도 있다지만 부모보다 먼저 세상을 떠나니
이젠 그 누구도 건강을 자신할 수 없게 되었다
아무리 삶이 바빠도 그렇지 건강도 뒤돌아봤어야지
정말 안타까운 일이다

처음 세상에 태어났을 땐
부모의 사랑을 듬뿍 받고 자라났지만
이제 생명을 다하여 그 자신이 빈소에서 싸늘하게
드러누워 자식과 그 미망인의 가슴을 치게 하니
눈물이 난다

인간의 수명은 대충 정해져
저 관속에 들어가지 않을 자가 없다지만
그러나 사는 날 동안만은 영육 간에 아프지 않고
건강하게 살면 얼마나 좋을까

행복 만들기

허리띠를 졸라매고
저 산만 넘으면 행복은 그렇게 찾아올 것 같은데
넘고 넘어도 찾아오지 않는 행복
반복되는 삶을 살며 산을 넘는 것은
자신을 속이는 것과 같다

행복은
그 어느 곳에서도 가져올 수 없는 것
행복이란 바로 자신의 마음속에 존재하기에
부유한 삶을 따라간다고
행복이 찾아오는 것은 아니다

행복이란
비록 가진 게 없다고 해도
고난 속에서도 소망을 잃지 않으며 주어진 삶을
감사하고 모든 것을 사랑으로 품을 수 있다면
행복은 삶 속에 곱게 만들어지는 것이다

형제의 마음을 돌려주소서

나의 하나님이시어
요즘 왜 이토록 마음이 아픈가요

기도를 드렸는데 마음이 편치 않으니
어찌 된 일인지 모르겠습니다
그동안 나를 좋아하는 형제가 등을 돌리는가 하면
그 자랑스럽던 나라까지 먹구름이 끼여
빛을 잃어 가는 것 같습니다

이 땅이 주체사상으로 물들어
그를 따르는 사람들이 국민을 마구 짓밟고 가기에
나라는 정의로울 수 없습니다

요즘 이 나라는 총선이 있었는데
마음이 같이하지 않아 형제들마저 예배당에서 당을
짓고 짝이 나누어져 껴안을 수 없습니다

이곳에 군홧발이 지나고 나면
풀 한 포기도 나지 않을뿐더러 빈곤이 찾아와
연로하신 부모님과 어린 자녀들을
따뜻하게 보살 필 수 없으니 어쩜 답니까
우리와 함께해 주시옵소서

친구가 불편하다면

친구를 만나면 마음이 편한 친구가
있는가 하면 반대로 마음이 불편한 친구가 있다

마음 편치 못한 친구와 몇 마디
나누다 보면 서로 영이 맞지 않아 왠지 답답하다
그런 친구는 이해심도 없어
자기주장이 강하고 함께할수록 영적으로 받아들일
수 없는 일만 생겨 다툼이 자주 생긴다

그렇다면 삶을 공존키 위해선
그 친구의 굳게 닫힌 마음이 열리도록 기도와
노력이 필요하다
결국 마음을 움직이는 것은 순수한 마음뿐이기에
불편한 친구의 마음을 지혜롭게 움직여
잘 품어 내야 한다

불편한 친구를 변화시키고 나면
주님은 다신 그런 친구는 붙여 주지 않을 것이다
또 다시 만나도 기도해 줄 수 있는 사랑의 열쇠가
나 자신에게 있기에 더는 문제가 안 된다

술을 사랑한 여인

그대는 술만 드시면 우시나요
어제는 어디서 술을 많이 드셨는지 친구의 도움을
받고 안겨 가는 모습이 그것도 대낮에
너무 과했습니다

한 동네에서 그댈
바라보는 눈길이 따갑고 부끄러워 그댈 가끔 숨겨
드리고 싶을 때가 있습니다
이기지 못할 술이면 조금만 드시고
몸 좀 아끼십시오

누가 그댈 아프게 한 것도 아닌데
술잔을 붙잡으면 세상을 한탄하며 울고 계시는지
그대가 술집에서 서성일 땐
물가에 내보낸 아이처럼 무척이나
걱정스럽습니다

어제도 그대 집을 지나가다
들려오는 사연인즉 먹어가는 그대 나이가 서러워
울고 계시던데 그대 나이
42세는 윗분들이 볼 땐 꽃 같은 나이에
부러워할 나이랍니다

지금 그대의 삶은 아주 행복한 삶일 수 있기에
술로 한스러운 일이 없도록 하십시오
그것만 지키신다면 그대는 사랑스러운
현모양처가 될 수 있습니다

살아 있을 때 사랑을 베풀자

사람이 존경받기를
원한다면 살아 있을 때 잘해야 한다
자신이 아무리 세상 권위 의식에 모든 것을 소유하고
영원할 것 같아도 무덤 속에 안 드러누울 자가 있겠느냐

자신의 수고가 큰 사업체를 일구고
재벌 총수가 되었다고 해도 밤낮 고생하는 직원들이
있다는 것을 알아야 한다
그들을 하찮은 일용직으로 생각해서도 안 된다

또한 나의 이익이라면
자금을 물 쓰듯 뇌물로 쓰기보다는 불우한 이웃에게도
사랑을 베풀어라 나만 잘 먹고 잘산다고 이 세상이
행복해지고 아름다워지겠느냐

나만을 생각하는 자는 너무 이기적이고
결국 친구 혈육까지도 등을 돌리게 마련이다
그러나 남을 섬긴 자는 우리네 품앗이 삶처럼 보낸 만큼
더 돌아오고 덕을 쌓는다

인생을 사는 동안 얼마나 잘 살아왔는지는
관속에 드러누워 봐야 안다

화합하여 선을 이루자

사랑하는 자여
피비린내 나는 전쟁터를 벌써 잊었더냐
군홧발이 지나가고 폐허가 된 잿더미에서 그토록
고난을 받으며 목숨을 부지했는데
또 그 길을 걷기를 원하는가

우리 서로 사랑해 보자
반 토막이 된 나라를 또다시 반을 가르고 나면
후손들 볼 면목이 있겠는가

서로 사랑해도 부족한 것을 편을 가르며 싸우는 것은
내 형제를 버리고 나라를 힘들게 하는 것이라

나 중심으로만 세상을 살며
형제와 등을 돌린다면 나라와 민족은 분열되어
절대 순탄치 않으리라

출세에 눈멀어 남을 비판하며 짓밟은 것은
훗날 모든 걸 잃고 모두에게 버림받게 될 것이기에
사랑하는 자여 우리 하나가 되어
조국을 사랑해 보자

사랑의 빚을 지지 마라

사랑을 받은 자는
세상 누구든 사랑의 빚을 지지 마라
사랑이 있으면 어둠도 갈라놓고 악한 영혼도 선으로
돌려놓기에 세상은 그만큼 밝고 아름답다

그러나 사랑받고도 행하지 않는다면
아무리 가까운 부모와 자식 간이라도 물고 뜯고
싸움이 끊임이 없을 것이다

요즘 흉악한 일들이 자신의 가정에서
많이 벌어지는 걸 보면 그건 다 사랑들이 없어서
생긴 일이기에 서로 사랑하길 힘써야 한다

삶을 힘들게 살아 사랑받지 못했더라도
자신이 세상에 온 것부터가 은혜이고 사랑인 것을
받지 못한 사랑에 한 맺힌 인생만 탓하고 있으면
마음이 평안하고 행복하겠는가

사랑에 메말라 상처받은 자라면
세상 모두에게 사랑을 더욱 베풀어라
그것이 사랑의 빚을 갚고 자신을 위한 행복한 삶을
만들어 가는 것이다

마음의 병

삶을 살다 보면
해맑은 모습보다 가끔 울고 싶을 때가 있습니다
조그만 일에도 상처받고 마음이 우울해져서
홀로 머물고 싶고 누구의 간섭도 받고 싶지 않을 때가
있습니다

마음의 병은 위로의 말씀이 끝없이 들려 와도
귀에 들어오지도 않을 때가 있을뿐더러
영혼만 상하고 삶까지 망가질 수 있습니다

그럴 땐 여행이나
아니면 아무도 모르는 곳에서 상한 맘을 눈물로
모두 토해 내 버리는 것이 좋습니다
좋지 않은 일들은
쌓일수록 영육 간에 병이 될 수 있기에 깨끗이 잊고
가슴 속에 담지 말아야 합니다

마음의 병은 자신의 노력이 절실하지만
본인의 의지로 할 수 없을 땐
의원 치료나 신앙생활을 하시면서 마음의 평안을
찾으시면 좋습니다

사랑으로 이겨보자

긴 세월 자주 부딪히는
친구가 있는데 서로 뜻이 맞지 않아 만나면 다투고
쥐와 고양이처럼 쫓고 쫓기는 앙숙이다

그러나 서로 나이 들고
믿는 주제에 함부로 싸워볼 수도 없고
또한 세상에서 가장 나약한 나로선 고양이처럼
덩치 큰 그 친구를 웬만해선 이겨볼
자신이 없다

그렇다고 부끄럽게 주님께 일러바치지도 못하고
가슴이 너무 답답해 예배당 뒤뜰
벤치에서 앉아 있는데 좋은 생각이 떠올라
마음이 갑자기 편해진다

그래 그를 사랑으로 해보자
사랑으로 껴안으면 예전처럼 으르렁대지 않겠지
세상에서 제일 친한 친구라면 마음의 벽이
어디 있겠어

행복은 자신이 하기 나름이다

앞을 내다보지 못하면서
인생의 종말이 올 것처럼 탄식하며
너무 걱정하지 말라 하늘에 소망을 가진 자는
지금껏 행복했던 것처럼 다음 날도
행복해질 것이다

또한, 가진 것 없는 삶에
미리부터 좌절하며 근심할 필요도 없다
소망한 만큼 기도하고 노력하면 달란트는 자신이
받을 만큼 오늘도 있고 내일에도 있을 것이다

주어진 삶을 만족 못하는 자는
억만금을 주더라도 부족하고 불행하지만
그러나 가진 게 없어도 빵 한 조각에
감사할 수 있는 자는 평생을 배부르도록
행복할 것이다

매사에 부정적인 사람은 자신을 망가뜨려도
긍정적인 사람은 내일이 있고
아무리 어두운 터널에서도
앞이 보일 것이기에 그만큼 인생은
행복해질 것이다

변치 않는 친구가 되고 싶다면

세상 친구를
가까이하고 좋아하되 너무 믿지는 마라
모든 것을 다 내어 줄 것처럼 해도
언젠가는 나를 버리고 미련 없이 떠날 수 있다

그렇다고 해서 갑자기
친한 친구를 경계하고 멀리하라는 것은 아니다
가깝게 지내되 친구를 나 자신처럼
너무 기대지 말라는 것이다

신이 아닌 이상 금전이나 얽히고설킨
험난한 세상일들이 자주 찾아와 신뢰할 수 없을 땐
인간은 언젠간 서로 미워하며 돌아설 수도 있다

아무리 자신처럼 생각하는 친구라도
우정에 금이 가게 하는 것은
삶이 그렇게 만들어 놓기에 자신은 안 그러려고
해도 결국 원수처럼 멀어지는 것이다

그러나 친구와 상처받지 않고
꾸준히 함께할 아름다운 인연이 되고 싶다면
되돌려 받을 수 없는데도 값없이 퍼주는
아가페 사랑이 있기도 하다

열매 맺는 인생을 위하여

자신이 남보다 아무리 강건하고
천년만년 살 것 같아도 나이는 속일 수 없다
때가 되면 주님 앞에 설 수밖에 없기 때문이다

자신이 가진 게 많고 청춘인 것 같아도
일생은 한번 가면 다시 돌릴 수 없기에 언젠간 인간은
행복한 삶을 내려놓을 때가 있을 것이다

그렇기에 인생을 아등바등 살기보다는
살아 있을 때 흐트러진 영혼을 다듬고 세상사는 동안
좋은 일도 한번 해보고 주님을 만나볼
준비해야 하지 않을까

허락하신 삶이 즐겁고 행복하다 해도
인생이란 잠시 왔다 가는 나그네와 같기에 지금 살아
숨 쉴 때가 열매 맺기 좋은 기회가 될 수 있다

우리 인생은 고난과 수고로 이루어져
빈 몸으로 왔다 빈 몸으로 갈 수밖에 없기에
이웃에게 못 베푼 사랑을 베풀다 보면 세상 사람이
당신을 존경하리라 믿는다

시련도 선택인가

시련도 선택인가 시련이 찾아오니
고난도 따르고 삶이 어두워져 무엇을 해야 할지
앞이 보이지 않는 우리는 좌절하기 쉽다

그러나 시련은 자신 잘못으로 만들어지고
또한 뜻하지 않게 다양한 목적으로 찾아오는데
그때마다 겸허하게 받아들여 시련에 따른
고난을 대처할 수 있어야 한다

지겹게 찾아오는 시련을 못 받아들이거나
해답을 찾지 못할 때 그로 말미암아 삶은 곤경에 빠져
힘들지만 간구하는 기도와 그에 따른 노력을
함께해 나간다면 성공의 디딤돌이 될 수 있다

또한 시련을 쉽게 벗어나길 원하지만
나 자신이 다듬어지는 것은 결국 시련과 고난을 통해
인생관이 변화되고 새롭게 태어날 수
있음을 깨달아야 한다

시련을 딛고 일어서는 자는
앞날에 성공과 축복으로 되돌려 놓을 수 있는
좋은 기회가 될 수 있기에 참고 견디어 내일의
희망찬 전진의 발판을 만들어야 할 것이다

사랑은 자신을 지킨다

감정이 실린 말 한마디는
사람을 살리고 죽이기에 말이 얼마나 소중하고
조심스러운지를 우리는 깨달아야 합니다

생각 없이 내뱉는 말보다
침묵의 깊은 말은 자신의 영혼을 부르고
또한 적으로부터 나를 감싸며 자신의 신뢰를
쌓을 수 있습니다

공격적인 말 한마디는
혈을 찌르고 나를 무너트릴 순 있으나 침묵의 기도로
준비하는 자는 자신을 견고하게 만듭니다

자신을 다스리지 않고
거룩한 단상에 서지를 말아야 합니다
교만한 마음은 남을 짓밟고 나를 높일 수밖에 없기에
비난의 화살은 나 자신에게 쏟아질
수밖에 없습니다

자신을 지키는 무기는
창과 방패가 아니라 오직 사랑입니다
사랑이 가득한 사람은 말 한마디가 모두 사랑이기에
누구도 원수질 일이 없을 것입니다

성공의 해답이 있다

처음 시작하는 사업에 경험을 쌓고
남들에 성공의 사례를 보며 많은 참고를 하겠지만
막상 사업을 하다 보면 두려움이 앞서고
어려운 점도 많을 것으로 생각된다

힘들게 시작한 일 잘되지도 않고
여러모로 좌절하기 쉬우나 그러나 자신을 가져라
사업을 하다 보면 당연히 실패도 할 수 있기에 실패에
도전을 한번 해보면 그러면 거기에 성공의 해답이
있을 것이다,

여러 번 반복되는 실패에
성공의 의지가 꺾여도 실패는 성공으로 가는 것이기에
계획하는 일들을 끝까지 포기하지 말고 기도해라
성공은 마음먹기에 달렸고 자신이
노력하기 나름이다

또한 무슨 일이고 간에
소망을 가지고 잘 되든 안 되든 간에 주님께 감사하며
이쁜 짓을 해보라 그러면 성공의 길은 가까워지고
훗날 그 대가는 찾아올 것이다

인생은 즐겁고 행복하게

짜증 나고 힘든 삶 모두 잊어버리고
허락하신 그날까지 즐거운 인생을 살아 봅시다
험난한 삶이 파도처럼 밀려와
삶을 위협할 때도 겁낼 것 없이 지혜롭고
즐거운 마음으로 풀어 가십시다

삶이 아무리 어둡고 긴 터널이라 해도
마음먹기에 따라 어둠 속에서도 소망은 가득하고
밝은 세상은 그리 멀지 않을 것입니다

숨 막히게 사는 삶은
내 육신을 지치게 만들고 영혼만 죽어갑니다
아무리 먹구름 같은 고난이 몰려온다 해도 자신이
하기 나름이라 했듯이 헤쳐 나갈 수 있습니다

힘든 삶에 좌절하거나
인생을 포기한다면 세상 살아남을 자 있겠습니까
긍정적인 마음과 기쁨으로 맞이해 봅시다

이미 주어진 인생 지금부터라도
소망을 갖으시고 멋진 자신의 삶에 행복을 찾아
인생을 즐겁게 살아가시길 기대합니다

2부

쉽게 살았습니다

사랑하던 사람이
소리 없이 떠나가는 것은 그를 놓아 버렸기
때문에 자신에게도 문제가 있고
책임이 있다

주말 아침 행복한 시간

이른 아침 안개비는
북한산 숲을 촉촉이 가리고 창가에 마주 앉은 우린
숲 향기와 함께 주말의 행복한 시간을
열어갑니다

푸치니의 오페라 "나비부인" 중
(어떤 개인 날) 애절한 선율은 지난 추억에 감동을
주고 그대와 오붓하게 함께한 모닝커피 향은
우리 사랑만큼이나 달콤한 분위기를
띄웁니다

그동안 쌓인 사랑 이야기는
해맑은 미소로 다가오고 세상 얽히고설킨 한 주간에
고달팠던 삶도 마주하는 사랑의 눈길에
소리 없이 녹아 갑니다

오페라의 배경 음악이 흐르고
안개비가 녹음이 짙은 산을 가려 주는 가운데
우린 그 아름다운 경관을 바라보며 은혜가 넘치는
주일 준비를 함께해봅니다

─북한산 옛 마을에서

그대를 품어드립니다

나는 부평 공원에
자리 잡고 있는 사랑의 벤치랍니다.
오직 그대와 함께하기 위해 만들어진 벤치였기에
삶에 지친 그대를 오늘도 편히 모시고자
애타게 기다립니다

그동안 그대에게 자리를 내어줄 때마다
말을 안 했지만 야위어버린 그대를 안았을 땐
얼마나 세상살이가 힘들다는 것을
몸소 느낍니다

비록 움직이지 못하는 벤치라
그대에게 힘이 되어 드릴 순 없어도 그대에게
편한 쉼터가 되어 줄 수 있는 것이 얼마나 기쁘고
즐거운지 모릅니다

만약 그대를 모시고
멀리 여행을 떠나갈 수만 있다면 아픔이 없는
세상에서 그대를 영원히 모시고
싶습니다

미모의 여인을 바라보며

낭만이 느껴지는 추운 겨울날
계양역 공항철도 홈에 가방을 들고 서 있는
긴 머리의 여인이 열차가 오길 기다린다

어디를 가시는 걸까
손가방에 큰 가방까지 가지고 나온 걸 보니
아마 먼 나라 여행이라도 가시려는지 짐 가방이
무척 무거워 보인다

중년의 미모를 지랑하는 여인은
바바리 코드 깃을 세워 머플러는 바람결에 휘날리는
모습이 잡지에 나오는 모델 같기도 하고
옛 다정했던 친구를 똑 닮아 좀처럼 눈길이
떨어지지 않는다

추운 날씨에도 미소를 잃지 않고
열차가 오는 곳을 바라보는 여인의 예쁜 배경을
내 인생에서 다시 그려볼 수 있을는지
짧고 아름다운 순간들이 지나간다

열차는 플랫폼에 다가와
큰 백을 차 내에 들이미는 가냘픈 여인
얼른 다가가 도와주고 싶어도 혹 오해나 사지 않을까
그저 마음뿐이다

잠시 후 열차는 목적지 인천 공항에
도착해 여인과는 다시 볼 수 없는 영원한 이별을
하게 되었는데 난 바보같이 사랑하는 친구를 닮은
그 여인을 따라가고 싶어진다

여인의 향기를 따라

그 가을날 친구들과 파티가 있어
옛 가수 레스토랑에 찾아갔는데 맛난 음식과 커피에
즐거운 시간을 맞는데 자기들 자랑으로
춤과 노래로 흥을 돋운다

다들 춤을 어디서 배웠는지
나이와 상관없이 말 춤까지 추며 잘들 논다
난 어릴 때 고고 춤을 조금 배우다 말았기에 아직 춤은
출 줄 모르는 숙맥이기도 하다

그래서 오늘도
레스토랑 한구석에서 파티가 무르익는
무대를 바라보고 있었는데 춤을 추고 있던 여인이
날 찾아와 춤을 추자고 손을 잡는다

수많은 친구가 모였는데
하필이면 나였는지 한사코 손을 뿌리쳐 보지만
옆에 친구들이 함께 춤을 추기를
바라는 눈치다

그 여자 친구는 소녀처럼
아직도 긴 머리에 댕기 머리 두 쪽을 하고 있었는데
요즘 시대에 스타일이 너무 뒤떨어져
별로 맘에 들지 않는다

난 수줍어 붉어진 얼굴을 감추지도 못하고
여인의 손길 발길을 따라 춤을 추는데 얼마나 춤을
잘 추는지 이 친구의 춤 하나는 끝내준다

두 가슴 마주할수록
화장발에 향긋한 여인의 향기는 코끝에 스치고
춤 동작은 여인 맘대로 나의 몸을 스쳐대고
어찌나 돌려대는지 순진한 사람
다 버려 놓는다

그렇게 춤은 끝나
나를 놓아주었는데 난 자리를 찾아가기 바빴지만
그 여인이 영화 "바람과 함께 사라지다"
여배우 비비안 리처럼 느껴지고
예뻐 보인다

쉽게 살았습니다

월미도를 찾아 긴 시간을
보내다 보니 커피가 생각이나 카페를 찾았다

젊은 여주인은 나를 반갑게 맞아주는데
마음이 곱고 미모 또한 얼마나 예쁜지 천사 양귀비가
따로 없다

따뜻한 커피를 받아서 들고
커피 값을 주고받던 중 여인의 손을 좀 스치게 되는데
이게 웬일인가 손바닥이 얼마나 거친지 여인이
무슨 일을 했었는지 말하지 않아도
알 것 같다

난 그 여인에게 "열심히 사시네요" 인사를 했다

그동안 먹고 살려고
별별 일을 다 했겠지 난 여인을 다시 쳐다보게 되었다
이런 연약한 여인도 살려고
노력하는데 난 너무 쉽게 살아 버린 게 아닌지
아기 손같이 고운 나의 손을 보면
부끄럽기만 하다

매장에서 만난 여인

어느새 당신은
두꺼운 털옷을 벗어 버리고 화사한 봄옷을
입었으니 계절마다 의상에
너무 민감하시군요

당신은 남들보다 겨울옷을
빨리 벗어 버리고 노란 봄 재킷과 가벼운
치마를 두르니 나에게도 새봄은
찾아와 가슴이 설렙니다

또한 당신은
날씬한 키에 예쁜 몸매를 갖춰 무슨 옷을 걸쳐도
세련되고 우아해 보이니
누가 그 아름다움을 따라갈 수 있겠습니까

날마다 매장에서
정분나도록 미소를 보내올 때마다
당신에게 많은 매력을 느껴 나 또한 눈인사
정도는 잊지 않고 있습니다

―매장 모델 마네킹을 보며

좋은 친구를 사귀런다

난 회사를 새로 입사하여
근무하면서 어딘가 모르게 서먹서먹하고 외톨이가
된 기분이라 직원들과 사귀어 보려고
친교를 가졌는데 마음에 맞는
친구를 만나지 못했다

홀로 가는 세상에 친구들과
깊은 속마음을 모두 보여주고 가깝게 지내며
벗이 되고 싶었는데 오랜 연륜에 자기주장들이 얼마나
강한지 뜻을 같이힐 친구가 없다

몇 안 되는 부서에서 서로 똘똘 뭉쳐
뚫고 들어갈 틈을 주지 않으니 웬만큼 마음 써선
그 친구들과 가까이할 수 없으니 조직의
쓴맛을 단단히 보는 것 같다

이렇다 보니 마음이 서글프고 외롭다
그러나 멀게만 느껴진 친구들을 믿음과 사랑으로
감싸주며 언젠간 신뢰받는 인연이
될 거로 생각한다

사랑의 항해

사랑하는 사람과
결혼에 성공했다고 모든 게 끝난 것은 아니다
머나먼 인생의 항해가 이때부터 시작되기 때문이다

아무 걸림돌 없는 평온한 세상이 펼쳐지고
사랑이 영원하다 해도 그러나 사랑은 처음보다 나중이
아름다워야 하기에 그 사랑 세상 끝까지
가져가야 한다

행복한 가정을 이루고 삶 또한 순탄해도
세상을 살다 보면 뜻하지 않은 시련에 험한 삶이 찾아와
행복한 가정을 뒤흔들어 대고 소중한 모든 것을
가져갈 수 있기에 고왔던 사랑의 인연도
위기를 맞을 수 있다

그렇듯 사랑은 고난을 이겨내며 서로 노력할
수밖에 없기에 어느 한 사람이 방탕한 길로 빠질 땐
바로 잡고 잘 이끌어 주어야 사랑은 아름답고
인생 또한 행복한 항해를 할 수 있다

사랑의 지휘자

그댄 지휘자로
옷도 단정히 잘 입고 소녀처럼 예뻐서 심쿵할
정도로 마음에 와닿습니다

또한 인정 많고 착한지라
대원들에게도 끝없는 사랑과 섬김을 베풀고
모두 하나 되도록 마음을 모으니 어느 지휘자보다
아름답습니다

그댄 사랑의 지휘자라
음악 선생님의 날카로운 모습보다 대원들에게
미소 짓는 눈빛에 사인을 보내고 지휘봉을 흔들 땐
춤추는 요정과 같이 아름다운 면모를 보여
연주회가 끝나면 앙코르와 브라보를
외치게 만듭니다

그댄 지휘자로서 존경받기도 하지만
뛰어난 성악의 목청 또한 카나리아처럼 곱습니다

여러 연주회와 국회 의사당에서
성악과 지휘자로 선보이며 많은 갈채를 받아
음악 세계에 사랑의 인사로 떠올라
호감이 갑니다

—부평중앙교회 김효진 지휘자님

칠십이라도 어린애 같지 않니

어느 날 산책하다 공원 벤치에서
잠시 쉬고 있는데 연세 지긋한 할머니들에
대화를 우연히 듣게 되었다

"요즘 남자 칠십이라도 어린애들 같지 않니"

난 그 대화를 듣는 순간
미소를 지을 수밖에 없었고 회갑을 바라본 나로선
얼마나 가슴 흐뭇하던지 웃음을 참느라
배를 잡고 있었다

가을이면 저물어 가는 나이에 쓸쓸했는데
할머니들 때문에 가을 가슴앓이를 깨끗이 씻고
대통령도 부럽지 않은 제2에 인생을
시작하게 되었다

시인 모임에 아흔이 넘은 선배님이
노벨상 꿈을 꾸고 있는 걸 보면 나이는 숫자에
불과하다는 믿음을 가지니 무얼 망설이고
주저하겠는가

사랑은 고와야 한다

사랑하던 사람이
소리 없이 떠나가는 것은 그를 놓아버렸기
때문에 자신에게도 문제가 있고
책임이 있다

사랑이란 믿음 안에서
언제나 고와야 한다지만 갈대와 같은 마음을 잡아 줄
적당한 애착과 그리움도 함께해야 한다

그러나 불같은 집착은
사랑하는 사람과 더욱 멀게 만들고
결국 아름다운 사랑보다는
영혼과 육신을 상하게 하여 행복한 삶까지
불행해질 수 있다

그러므로 아름다운 사랑과
자신을 지키기 위해선 적당한 거리에서
멀리 바라볼 수 있는
사랑이 영원하리라 믿는다

이런 기분 처음이야

힘든 삶에 따분한 주말
뜻하지 않게 교회 중고등부와 함께
서울랜드에 오게 되었는데 많은 놀이기구에
눈길이 가고 순서를 기다리는
동안 어린아이와 같이
맘이 설렌다

바이킹은 무서운
공포의 대상이었는데 타고 보니
무섭기보단 스릴을 느끼게 해 순간순간이
너무 재미있어 자유 이용권을 안겨 준 친구에게
그저 감사할 뿐이다

또한 사랑하는 사람과
손을 꼭 잡고 함성을 지르니 그동안 쌓인
스트레스를 모두 푼 것 같아 추억 속에 즐거운
마음이 몇 년은 더 갈 것 같고
그녀도 즐거움에 흠뻑 빠져 검은 눈빛은
더욱 반짝인다

그러나 담임 목사님께선
삶이 힘들고 영혼이 지칠 땐 기도원에 가서
부르짖고 기도하라고 하셨는데
잠시 곁눈질하여 즐거운 세상에 빠지니
죄를 짓는 것만 같아
어쩜 좋을까

밤의 세계를 달리며

하루의 일과를 마치고
여객기가 보이는 공항 레스토랑에서 사랑하는 사람과
저녁 식사를 마친 후
착륙하는 거대한 점보기를 뒤로하며
드라이브를 떠난다

푸른 달빛 아래 바다 물결은
은빛으로 출렁이고 우린 커피와 함께 인천대교를 따라
바다 건너 화려한 불빛이 보이는 송도신도시를
향해 달린다

창밖엔 바다 내음이 코끝에 풍겨오고
차 내엔 팝송 샌프란시스코가 경쾌하게 울려 퍼지는
가운데 가속 페달을 살짝 밟으며
밤의 세계에 빠진다

그녀와 함께 화음을 맞춰 본 올드 팝송은
어린 시절을 그립게 만들고 우린 그 추억을 따라
가벼운 입맞춤으로 고된 삶을 모두 잊으며
낭만적인 밤을 맞는다

스탠 바이 미(Stand By Me)

달빛이 흐르는 밤
난 인천 대교에 차를 올려놓고 음악을 들으며
낭만적인 밤의 세계를 달린다

인천대교는 샌프란시스코 금문교보다
다리를 연결한 조형미가 얼마나 섬세하고 아름다운지
감탄사가 절로 나오고 색색 가지 조명발이
밤 드라이브 기분을 맞춰 준다

그 많던 차들도 제 갈 길을 다 가고
바닷새마저 잠들어 버린 고요한 밤 차 안엔 로맨틱한
음악이 감미롭게 흘러 퍼지는 가운데
난 꿈의 세계에 물들어 간다

차 안에 흐르는 곡은 내 마음을 얼마나 흔드는
선율인지 평생 가장 많이 듣고 좋아한 (Stand By Me)
앨범이기에 가슴이 다 아릴 지경이다

스탠 바이 미(Stand By Me) 사랑하는 사람과
감상하던 곡으로 어느 형식의 음악이 든 맘이 설레고
그가 그리울 땐 이렇게 핸들을 잡고
고속도로를 달린다

푸른 밤을 찾아오세요

그대이시어
깊고 푸른 밤을 찾아오세요
적막한 밤을 맞으며 외로움에 빠져 있을
그대를 밤하늘 별빛 아래서
기다립니다

푸른 밤하늘
쏟아지는 별빛 아래서
사랑하는 그대와 설렌 두 가슴 꼭 안으며
풋풋한 입맞춤에 밤을 맞이하길
기대합니다

은빛 달빛에 반짝인
별빛을 따라 깊고 푸른 밤을 찾아오세요
사랑스러운 그대와
푸른 밤하늘을 바라보며
달콤한 사랑에 취해보고
싶습니다

개 같은 인생

마음이 여려서일까
인내의 쓴잔을 들지 못하니 조그만 일에도
쉽게 상처받고 바보같이 툭하면 삐쳐 울어버리는
그가 바로 나란다

힘든 삶을 개척 못 하고
반세기 동안 편안한 삶을 살며 남은 건 빈 껍데기
인생뿐인데 그것도 행복이라고
자신을 속여 왔으니 그 끝은 열매 맺지 못한
차가운 겨울이구나

친구들은 노후 준비가 끝나
인생을 즐겨 가는데 난 뒤 늦게 노후를 걱정하니
삶은 거칠어지고 추한 모습이 드러나니
찬 겨울을 만난 베짱이가
따로 없다

에메랄드빛 바다에서

에메랄드빛 바다
색색 가지 물고기가 산호초 사이를 오고 가고
모래사장엔 무지갯빛
비치파라솔이 펼쳐져 여름휴가를 찾은
젊은 연인들이 즐거운 시간을
갖고 있다

저 멀리 들려오는
뱃고동 소리는 바닷가에 설렌 가슴을
더욱 부풀 게 만들고 해변 키 큰 종러니무는 해풍에
흔들흔들 춤을 추며
페르시아만의 진풍경이 펼쳐져 카메라에
살짝 담아 본다

사랑의 계절
수평선에 부픈 마음을 띄우고
비키니 차림에 멋진 몸매를 자랑하는 양코 아가씨들
작열하는 태양에 살결이
검게 타들어 가는지도 모르고 깔깔대며
마냥 즐겁기만 하다

파란 하늘엔 갈매기 떼가
뭉게구름과 함께 떠가고 밀려 왔다 밀려가는
줄 파도는 백사장을 다정하게 거니는 연인들의 사랑을
질투나 하듯 물보라를 일으키며
발목을 잡는다

사랑하는 그와 난
뜨거운 태양을 피해 선상 호텔 요트 장식이 가득한
비치 카페에서 바다 배경을 바라보며
시원한 음료와 음악으로 이국적인 정취에
흠뻑 취해 간다

─페르시아만에서

가슴 설렌 유럽 기차여행

사랑하는 사람과
칼빈이 사역한 생피에르 사원의 마지막
일정으로 제네바시에 아름다운 추억을 남기며
다음 목적지 파리행 테제베를 탔다

폼 나게 뻗은 전나무에
아름다운 경관을 자랑하는 스위스를 떠나면서
우린 샹송을 감상하며 다정히
속삭이고 있다

요들송에 호른 소리가
길게 여운이 남는 동화의 나라 여행을 마치고
경이로운 스위스 경치를
그려볼 땐 천당은 못 돼도 팔백당은
되지 않을까

스치는 마을마다
아름답게 꾸며진 자연의 신비로움에 놀라움을
금치 못해 감탄사가 절로
나오는데 도무지 말로는 이 아름다움을
표현할 방법이 없어 한마디로

OH, MY GOD

스테이션마다 연인들의
배낭여행은 줄을 잇고 살결이 다른 인종을 만나
반갑게 인사를 나누다 보니 호감이 가고
무척 가슴 설렌다

몸살 나게 달리던 열차는
플랫폼에 도착한다고 코맹맹이 불어
안내 멘트가 나와 우린 짐을 꾸려 파리의
땅을 밟는다

와인잔에 사랑은 깊어 가고

파리 밤하늘 아래
찬란한 레인 사인이 아름답게 반짝이는 가운데
우린 저녁 산책을 나와 샹젤리제 거리를
다정히 걷습니다

가로등 불빛을 따라
우린 작은 레스토랑을 찾게 되었는데 카운터 진열대엔
각종 와인이 가득하고 감미로운 샹송은
우리를 반갑게 맞습니다

분위기가 물씬 풍긴
샹젤리제 레스토랑에 식사와 와인 잔을 마주하는 동안
적포도주만큼이나 붉어진 사랑하는 그대
빛깔 좋은 얼굴에 수줍어 고개 숙인 미소는
곱기만 합니다

시간이 흐를수록 그와의 대화는 무르익고
달팽이에 맛난 식사와 함께 즐거운 저녁 시간은
그렇게 지나가고 있습니다

ㅡ유럽 여행 중에

파리의 밤 데이트

괴테가 말한 바와 같이
예술의 도시 파리는 그 자체가 하나의 박물관이다
건물 하나하나가 고풍스러워 관광객들의
마음을 사로잡는다

사랑받는 파리의 첫인상은
루브르 박물관에서 만났던 모나리자의 미소만큼이나
아름답고 한국에서 꿈꾸던 파리는 마치 한 장의
그림엽서와 같이 아기자기한 고전미가
강하게 풍긴다

세느강을 따라 바라본 파리의 야경은
설렌 가슴을 흔들어 대고 물살을 가르는 (바토 무슈)
유람선에 샹송은 사랑의 속삭임으로
밤하늘 멀리멀리 퍼져나간다

에펠탑에 현란한 불빛은
파리의 밤하늘을 곱게 수놓고 잔잔히 흐르는 세느강에
유람선은 파리에 예술적인 사원들을
한눈에 바라볼 수 있게 해 여행객들에
감탄사가 절로 나온다

높고 푸른 하늘에서

먼 여행을 위해
여객기 내에서 기도를 드리는 나
그리고 기내 안내멘트에 귀를 기울이며 모션을
취하는 귀여운 스튜어디스를
바라본다

육중한 여객기는 활주로를 따라
힘차게 달리기 시작하고 반짝이는 불빛에 둥근 엔진
네 개는 많은 기름을 소비하면서 창공을 향해
끝없이 솟아오른디

여객기는 나를 40,000피트
푸른 하늘에 올려놓고 친절한 스튜어디스의
커피와 음료가 내 잔을 채워 주며 감미로운 음악으로
나를 반갑게 맞이해준다

점보여객기는 항로를 따라
푸른 하늘을 자랑하며 까마득히 보이는 솜털 같은
구름과 그 밑 바다가 나의 가슴을
두근대게 한다

식사를 몇 번을 했을까
열 시간 넘게 논스톱으로 나르는 기내에서
얇은 담요 한 장에 눈을 붙여 보지만 비좁은 좌석이
몸살 나도록 잠을 설치게 한다

그러는 동안 여객기는 불야성 같은
시가지에 들어서면서 기체는 놀이기구를 타듯이
45도로 기울면서 인근 바다에 떨어질 듯 선회한 후
암스테르담에 착륙을 시도한다

여객기가 공항 활주로에
닿는 순간 난 또다시 무사히 도착했음을 감사의
기도를 드리고 있다

―K.L.M, 2004년 여행 중에

3부

사랑해서 미안해

비록 만나면
수줍어 말 한마디도 못 하지만
다정하고 따뜻한 마음씨에 사랑이라는
그대 마음을 읽습니다

봄 향기

봄의 속삭임에
꽃망울은 터지고 꽁꽁 얼었던
내 가슴에도 무지갯빛 사랑이 봄 향기와 함께
소리 없이 찾아왔습니다

차가운 엄동설한이
질투나 하듯 곱던 인연을 갈라놓았어도 봄 햇살에
따사로운 사랑은
꿈길까지 찾아와 아름답게
물들어 갑니다

살랑살랑 불어오는 봄바람에
꽃향기처럼 풍기는 그대 향기는 입가에 달콤하게
다가오고 활짝 핀 미소는 눈을 감아도
곱게 미소 짓습니다

봄 향기에 찾아온 사랑
푸른 꿈들이 물들고 은은한 잔정에 마주하는
두 가슴은 꿈결처럼 부풀어
저 하늘 가득히 그댈 사랑합니다

그댄 참 예쁘십니다

그대는 첫눈에 반하도록 참 예쁘십니다
어디를 외출하시는지 옷도 따뜻한 봄을 알리듯
화사하게 입으시고 굽 높은 힐이 딱딱한 아스팔트를
똑똑 두드리니 경쾌한 리듬이 들립니다

그댄 바라볼수록 긴 눈썹과
독특한 쌍꺼풀이 매력적이고 에어 프랑스 승무원처럼
서구 스타일이 물씬 풍기다 보니
오고 가는 행인들의 마음을 사게 하고 눈길을
돌리게 합니다

반짝이는 눈빛은 깊고 깊어
영화배우 오드리 햅번만큼이나 곱고 연한 화장발에
스치는 향기 또한 그토록 고운지 코끝이 나도 모르게
그대를 향해집니다

사랑스러운 그대 오늘은 또 무슨 좋은 일이 있길래
싱글벙글 부평을 들뜨게 하는지 순진한 사람 마음을
흔들어 놓고 미소를 날리니 이 하루가
온통 즐겁습니다

홀로서기

파도가 출렁이고 바람 부는 날
백사장을 홀로 걷는 저자는 누구일까
방황하는 나그네가 영락없는 나 자신이 아닌가

갯내음이 풍긴 선착장을 찾아
자기 맘대로 훌쩍 떠난 사람을 오늘도 잊지 못하고
술잔에 마음을 달래는 걸 보면 새가 그물에 걸려
몸부림치는 것처럼 애처롭다

지난 추억을 되새길수록 사랑하던 그가 떠올라
애써 지어본 미소는 슬픔에 가리고
여객선 뱃고동이 울릴 때마다 길 없는 사랑이
무척이나 그립다

지금은 뱃길이 끊긴 밤
바닷가에 닻을 내린 어선과 물새들이 모두 잠들어
세상은 고요한데 보이지도 않는 여인이 그토록
내 가슴에 못을 박아 대는지
반짝이던 눈가엔 촉촉한 이슬이 맺힌다

사랑한다 속 시원히 말해봐요

철 따라 꽃은 아름답게 피고 지고
세월은 덧없이 흘러가는데 우리 사랑은 아직도
그 자리에서 꼼짝을 않으니 무슨 영문인가요

사랑이 국경이 있답니까
아니면 나이가 어려서 그토록 망설이고 계시는지요
시간이 갈수록 이리저리 딴청만 부리고
그러시면 안 되시죠

험난한 인생 사랑으로 헤쳐나가다 보면
온 세상이 내 것처럼 아름답고 행복한데 그토록 뜸을
들이고 계시는지 뛰는 이 가슴을 그대께선
어떡하실래요

우린 세상에서 가장 가까운 인연인 것 같아도
손목 한번 잡을 수 없고 멀리서 바라볼 수밖에 없으니
아까운 청춘 생각해 보셨나요

이 세상 다 가도록 변치 말자던
그대 마음이 있는 건지 뻣뻣한 전봇대처럼 있지만
말고 무엇이 문제인지 진실 어린 두 눈을
마주 보며 사랑한다 속 시원히 말 좀 해봐요

가슴으로 사랑해 주세요

사랑은 말보다는
그대 깊은 가슴으로 먼저 해주세요
수천 번 사랑한다고 말을 하고 헤어지잔 한마디에
헤어져 버리는 사랑은 입으로만 하는
사랑입니다

사랑이란 서로 존중하고
아끼며 가슴에 묻어난 애틋한 아픔이 쌓여
만들어지기에 물 흐르듯 쉽게 말로만 하는 사랑은
그 깊이가 없어 오래가시 않습니다

사랑은 수천 번
사랑한단 말보다 상록수와 같이 영원히 변치 않는
그대 깊은 가슴으로 사랑해 주세요
그런 그대가 더욱 사랑스럽고
믿음이 갑니다

사랑합니다

우연히 스친
사람인 줄 알았는데
소중한 인연에
따뜻한 가슴으로 나를 품어주고
소망이 되어 주신 그대를
사랑합니다

눈을 뜨고 감아도
시도 때도 없이 보고 싶고 그리워지는 그대
애틋한 사랑이
가슴을 모두 태워 버린 다해도
나는 사랑합니다

아픈 삶이 찾아와
사랑을 흔들어 놓고
영혼을 슬프게 한다 해도 믿음이 가는
그대라면 아픔까지라도
사랑합니다

그녀도 날 좋아하고 있을까

사내 운동 경기가 있는 날
예쁜 그녀도 내 눈에 띄어 마음이 설렌다,
가까이 가서 인사를 나누고 싶은데 많은 사람의
눈이 있어 다가가지도 못하고 곁눈질만 하게 되었다

그러나 경기가 시작되는 동안
그녀의 손목을 두 번이나 꼭 잡게 되어 얼마나
좋았는지 모른다 주님만이 아실 사랑
그동안 그를 내 가슴에 간직하며 몇 년을 놓고
기도했는지 눈물이 난다

언젠가 그와 찻잔을 나누며
서로 좋아하고 있는지 속마음을 이야기하고 싶은데
순진한 그가 어떻게 나올까
무척이나 궁금하고 설레는 마음 금할 길 없다

그동안 마음은 오고 갔지만
그래도 고백해서 좋게 받아 주시면 고마운데
마음이 없다고 단호하게 거절해 버린다면 핑크빛에
흠뻑 물든 사랑 그땐 어쩌면 좋을까

사랑해서 미안해

이 가을 내가 왜 이럴까
안 그러려고 해도 너에게 눈길이 자꾸 가고
사랑은 시간이 갈수록 눈 덩어리처럼 커지는지
세상이 온통 너밖에 없구나

그러나 받지도 못할 사랑
아무리 멀리하려고 해도 이젠 꿈속까지 찾아와
어른대고 마음을 빼앗아 가는지 누가 이 사랑을
뜯어말릴 수 있겠니

복잡한 이 심정을 드러내지 못하고
귀찮게 다가가서 정말 미안하지만 널 사랑하지
않고선 나 자신을 잃을 것만 같아
어찌하겠느냐

할 수 있다면 너의 마음을
조금만 열어 주면 안 되겠니 잎이 떨어지는
계절 혼자 머물기엔 너무 외로워 말벗이라도
되어 주었으면 좋겠구나

사랑한 만큼 상처는 깊다

사랑의 상처는
집착한 사랑만큼 그 상처는 깊다
세월이 가면 상처는 아물어도 떠나버린 사랑의 흉터는
가슴에서 영원히 지워지지 않는다

서로 사랑했을 땐 하루의 모든 시간이
그리움으로 물들어 갔어도
마음이 변해 새로운 사랑을 위해 떠난 사랑은 눈물로도
되돌릴 수 없고 아픈 상처만
떠넘기고 긴다

떠나버린 사랑 끝까지 미련을 갖는 것은
결국 소유하려 했던 것들이 영혼과 육신까지
야위게 만들어 상처를 더욱 키울 것이기에 불필요한
인연은 놓아 버리는 게 자신을
지키는 것이다

핑크빛 사랑

사랑스러운 그대
오늘도 핑크빛 사랑을 받아갑니다
하루를 새롭게 시작하게 해주신 해맑은 그대 사랑
참 마음에 들었어요

두 가슴 마주하며 꿈결같이 속삭여 오는
그대 사랑 가까이 갈수록 핑크빛에 물들어 하루가
무척 즐겁고 행복했거든요

그저 바라만 보아도
미소가 지어진 사랑스러운 그대 마음도 따뜻해지고
세상 모든 게 아름다워 보이니 우리 사랑
좋은 거 맞지요

우리 사랑한다는 것은
진실로 함께한다는 그것입니다
우리가 믿음 안에서 얼마나 축복이고 기쁨인지
정말 꿈만 같아요

사랑하는 것 다 알아요

그대가 사랑한다고
말하지 않아도 숨겨진 그대 마음을
난 다 알고 있습니다

사랑하는 까닭에
멀리 있든 가까이 있든 내 가슴에 전해 오는
그대 숨결을
난 느낄 수 있기 때문입니다

비록 만나면
수줍어 말 한마디도 못 하지만
다정하고 따뜻한 마음씨에 사랑이라는
그대 마음을 읽습니다

사랑은 느낌으로 다가오고
가슴으로 전해 오기에 그대가 사랑한단 말을
하지 않아도 사랑하는 줄
알고 있습니다

모습만 보고 사랑하나요

개똥이처럼
사람이 좀 못났으면 어떻습니까
마음이 진실하고 가슴 따뜻한 사람이면 그만이지
겉모습만 보고
그댄 모든 걸 판단해 버리고
끝을 내시나요

그대는 돈 많고
점잖지 않은 친구들만 골라
안쓰럽게 버림을 받으면서까지 웃음을 사십니까
쫓아다니던 친구는
잠시 머물다 떠날 사람 같은데 멀리하셨으면
참 좋겠습니다

꽃같이 예쁜 그대에겐
이 못난 개똥이 같은 사람도
믿고 사랑해 주다 보면 거친 삶에 꼭 필요한
밑 걸음이 되어 행복할 수
있습니다

하얀 눈 속에 떠나가고

사랑하던 그대
보내지도 않았는데 서둘러 떠나가고
사랑의 온기는 아직 남아 그 흔적은 지워지지 않는데
하얀 눈 속으로 무정하게
떠나간다

홀연히 떠나가는 그대
펑펑 내리는 하얀 눈 속에 멀어져 가고
아무리 소리쳐 불러도 뒤돌아보지 않는 뒷모습에
곱던 내 맘은 무너져 애써 미소 짓던
눈가엔 이슬이 촉촉이 맺힌다

길 없는 사랑
설원에 앙상한 나무처럼 홀로 남아
떠나가는 그댈 뚫어지도록 바라보는 처량한 모습은
하염없이 내리는 하얀 눈 속에
파묻혀 간다

집착했습니다

요즘 사랑에 빠져
달콤한 꿈을 꾸고 있다지만 하루에 모든 시간이
공간도 없이 사랑하는 그대 생각으로
꼭꼭 채워 담을 수밖에 없을까

여러 사람이 공존하고
생각하는 마음 또한 나눌 수도 있었는데
주어진 하루의 시간이 꼭 그대뿐이었는지
보고 또 봐도 그립다

아름다운 꽃과 사물을 바라보며
시간적 여유를 두고 그대 사랑을 바라봤더라면
행복했을 것을 그리운 마음은
아프기만 하다

시간이 흐를수록
집착으로 채워질 수밖에 없는 사랑.
멀리 바라보며 사랑의 꿈을 꾸었더라면 사랑은
더욱 아름답고 성숙하지 않았을까

친애하는 걸 프렌드에게

친애하는 Lori

그대에게 설렌 마음과
나의 모습을 편지에 담아 그대가 머문 미지의 도시
Des Moines 디모인을 향해
띄웁니다

그댄 푸른 눈에 긴 금발 머리를 소유했지만
내 모습은 예전 잡지에서 보셨듯이 전형적인 동양의
소녀으로 검은 눈동자에 검은 머리를
가졌습니다

어색한 모습이
자신이 없지만 잘 나온 사진으로 띄우려고 청바지에
청 윗도리를 입고 얼마나 고심하며 포즈를 취했는지
실망하지 않기를 기대하며
맘에 들기 바랍니다

그동안 멀리 있어 볼 수 없는 그대 소식이
궁금할 때마다 사랑의 우체부가 기다려지고 먼 하늘을
바라보며 항상 그리운 그대를 생각하고 있으니
사랑하는 마음 잊지 말아 주세요

그리고 앞전에 보내 주신
그대의 "동방 박사 세 사람"멋진 찬양과 피아노 연주는
얼마나 감동을 주고 감미로웠는지 보내주신
카세트 테이프를 수십 번을 들었는지
모릅니다

나의 마음이 행복의 도시 서울에서
머나먼 천사의 나라로 물결치는 밤 그대 안녕하시길
바라며 사랑의 기도와 함께
펜을 놓습니다

그대를 사랑하는 친구 Mr. Kim 1977. 1. 22.

내 곁에 있어 주오

벤치에 홀로 앉아 빛바랜 사진을
마주하며 독주에 취해 있는 자가 누구다더냐

사랑하는 사람은 멀리 떠나고
돌아올 것도 아닌데 두 손을 모아 본들 이미 떠나버린
사람의 마음을 돌릴 수 있겠느냐

이룰 수 없는 사랑
그만큼 상처받고 몸부림쳤으면
잊을 때도 되었건만 옛사람에게 끝없이 끌려가니
뼈가 시리도록 몸도 마음도
쇠하는구나

보고 싶은 사람
눈물로 도려내도 그리움은 시도 때도 없이 찾아와
영혼을 흔들어 대니 서글퍼서
어이할꼬

별빛은 반짝이는데

밤하늘 별빛 속에 행복한 삶을
약속하며 곱게 심어 놓은 나의 사랑이시어

언제나 마음은 별빛 속에 함께하여도
사랑은 홀로 피고 허무의 그림자만 메아리치니
고왔던 사랑은 꿈속처럼
멀기만 하구려

이슬이 맺힌 깊은 밤을 허물며
사랑하는 그대를 기다려 봐도 길 없는 창가에
늘 침묵으로 맺어지지 않는
사랑이시어

깊고 푸른 밤
사랑의 별빛은 고요히 흐르는데
보고 싶은 그대의 모습을 드러내지 않으니
심연의 그리움에 인내의 잔은
쓰기만 하구려

행복한 사랑

그대와 내가 사랑하는 게
이유가 있다면 서로 좋아서 하는 그것입니다

우리가 사랑하는데
무슨 말이 더 필요하겠습니까
진실한 마음을 나누며 믿음 안에서 함께 할 수 있음이
축복이 아닐는지요

가진 것은 없어도
사랑하는 사람이 있다는 것만으로
든든한 버팀목이 되고 그 성숙한 사랑을 통해
아름다운 삶과 소망이 찾아오리라
생각합니다

또한 힘들고 지칠 땐
서로 손을 잡아주고 험한 인생 헤쳐나갈 수 있다면
그게 사랑이고 행복이
아니겠습니까

그리움은 사랑의 숨결

물밀듯 밀려오는 그리움은
잔잔한 가슴을 멍을 지게하고 시간이 흐를수록
곱던 미소까지 눈물로
얼룩지게 합니다

기다림에 그리움은
사랑하는 사람을 끝없이 바라보게 하고
애틋한 가슴앓이를 만들어 가지만 그 그리움 속에는
사랑의 숨결이 흐르고
있습니다

또한 깊어 가는 그리움은
영혼을 하나로 만들고 사랑의 울타리를 만들어
행복한 사랑이 머물 수 있도록
지켜 갑니다

즐거운 자전거 하이킹

녹음이 짙은 공원에서
학생들과 교사님들이 자전거 하이킹 친교 갖는데
난 사랑하는 사람과 함께
2인용 자전거를 타고 숲길을 달리게
되었다

처음 타는 2인용 자전거에
그녀를 태우기엔 겁이 났지만 두려워할 겨를도 없이
즐거움에 빠져서
청순한 시절로 다시 돌아기니 설렌 마음은
세상 이보다 좋을 순 없다

하이킹 코스를 따라
페달을 밟을수록 뱃살은 출렁거리고 고달팠던 삶과
스트레스를 확 날려 버리니
미소는 피어오르고 자전거 하이킹이
우리를 얼마나 행복하게 해
주는지 모른다

사랑하는 그녀는 "하늘을 봐주세요"
빽빽이 뻗은 푸른 나무는 반갑게 손을 흔들고 우린
옛이야기에 향긋한
숲 향기를 마시며 숲길을 따라
페달을 힘차게 밟는다

오르막길엔 힘이 얼마나 드는지
얼굴은 붉어져 땀이 흘러도 사랑하는 사람과 함께한
하이킹이 얼마나 즐거운지 이 순간을
영원히 간직하고 싶다

4부

누가 날 울리는 건데

나의 병이 힘들고
가눌 수 없어도 울지 않는 것
나의 몸이 아무리 아파도 조용히
기다리는 것

행복한 아침

그대는 아침에
일어나 화장하지 않았는데도 피부는 촉촉하고
얼마나 고운지 꽃보다 예쁜
여인입니다

하얀 가운을 입고 침상에서
조용히 아침 기도를 드리는 그대의 경건한 모습은
하늘에서 내려온 하얀 천사처럼
아름답습니다

상쾌한 하루를 맞이하는 아침
빵 한 조각과 따뜻한 커피는 은은한 향이 집안을
가득 메우고 사랑하는 그대와 마주하는
이 시간만큼은 삶의 여유로움과
기쁨을 줍니다

어머니처럼 느껴집니다

어느 가을날 꽃다운 소녀가
가진 것 없는 나를 만나 세상을 살아가면서
삶이 아름답거나 화려하진 않았어도
행복한 가정을 위해 항상 기도해 주고
소망을 갖게 하니 얼마나 고마운지
모릅니다

그리고 소녀는
날 사랑하고 오누이처럼 잔정이 쌓일 대로 쌓여
복스러운 현모양처가 되고
어머니처럼 느껴지면서
이젠 그 아내가 나의 자신과 같이
생각됩니다

그대는 가꾸지 않아도 예뻐요

그대는 지금
가꾸지 않아도 사랑스럽고
예뻐 보이니 미모에 지나친 무게를 두고 멋쟁이는
되지 말아 주십시오

짙은 화장에 유혹하는 붉은 입술은
볼수록 설렌 마음과 나의 입술을 붉게 물들인답니다
난 그대의 순수한 모습을 좋아하고
때 묻지 않은 백옥같은 마음을 사랑하고
존경한답니다

그대 미소 짓는 예쁜 얼굴에
복스러운 점 하나는 그대의 상징적인 가장 아름다운
매력 포인트랍니다
부끄럽다 생각 마시고 영원히
간직하세요

그리고 누가 옷이 날개라고 하던가요
그댄 아무거나 걸쳐도 잘 어울리고 보기에도 좋으니
공주병에 잘난 몸매 자랑으로
추위에 떨지 말고 따뜻하게 입고
다니세요

앞가슴이 화려하고
다리맵시 자랑은 남들에게 눈길을 줘서 난 정말
속상하답니다

난 그대를 삶이 닳도록
사랑하기에 속 좁고 질투심이 많은 날 그대가 살짝
감추어 주셨으면 합니다

그녀의 향은 진했다

평소에 다정하던 그녀가
은장도 같은 눈썹을 세우고 날 바라보고 있다
왜 그런 깊은 눈빛으로 나를 바라보고 있을까
내가 모르는 무슨 잘못이라도 했나

알고 보니 얼마 되지 않은 카드 결제에
싸우고자 달려드니 대구하기도 그렇고 맘이 아프다
나도 짜증나서 한마디 했다

"어떻게 얻어먹기만 해 니도 힌번 사야지"
평소에 싸움을 걸어오면 말없이 피해 버리던가
아니면 서로 무릎 꿇고 기도하자 했었는데
그러나 이번엔 상황이 좀 다르다

난 사내의 자존심을 내세우고
그녀는 그 잘난 콧대를 세우며 언성이 높아진다

가까이 마주하니 그녀의 얼굴에선
화장의 향기가 그토록 곱게 풍겨 나오는지
향이 뿜길수록 사랑스럽던 그녀의 옛 모습이
떠올라 상했던 마음이 사라진다

여자라서 순진하게 보았습니다

어느 날 여자 친구와 여행을 떠났습니다
그런데 그 지방에 행실이 좋지 않은 남자 친구들이
시비를 걸며 자릿세를 요구하는 겁니다

난 무서워 말 몇 마디 못 하고
바짝 긴장하고 있었는데 여자 친구가 글쎄 슬리퍼를
차 던져버리고 세 남자와 붙어 당차게 해대는지
불꽃 튀는 말들로 뒷일이 몹시 걱정됩니다

여자 친구는 "야, 너희 누구야"
"너희 같은 애들이 있어 누가 관광지라고 오겠니?"
"지서에 가서 따져 볼까"

예쁘고 가냘픈 여자 친구가 얼마나 악바리같이
강한지 동네 남자들이 더럽다고 꼬리를 내리고
돌아가 버리게 되어 일단 위기를 넘겨
한숨 놓게 되었습니다

그런데 지금 무서운 사람이
깡패들이 아니고 바로 여자 친구였습니다
여자라고 순진하게 봤는데 앞으로 이 친구에게
휘둘리지나 않을까 다시 봅니다

강가에서

리차드 클레이더만 Au Bord De La Riviere
(강가에서) 감미로운 피아노 연주를 감상할 때마다
지난 추억이 떠오르고 옛 시절이 그립다

난 아직도 리차드 클레이더만이
청년처럼 느껴지는데 금발의 머리는 금빛은 잃어 가고
얼굴엔 잔주름 가득하니 중년을 넘긴 것 같아
마음이 아프다

나 또한 꿈 많던 소년이었는데
세월이 어느덧 흘러 그 피아니스트처럼 나이가 드니
숙연히 눈물이 흐른다

그 곱던 내 모습은
어디 가고 낯선 이가 거울 속에 들어섰을까
마음은 그때 그 시절에 할 일은 아직 많은데 무정하게
지나가는 세월 앞에 난 서글픔을 감출 수 없다

오늘도 집을 나와 스마트폰에
음악을 감상하며 강바람이 부는 여의도 추억의
길을 따라 어릴 때 뛰어놀던 강 건너
마포를 바라본다

누가 날 울리는 건데

오늘도 월미도 바닷가를 가려다
발길이 떨어지지 않아 많은 사람이 오가는
부평역 앞에서 공중전화 수화기를 붙들고
누군가에게 전화해 본다

그러나 상대의 전화 컬러링만
나오고 안내 멘트에 전화는 받지 않는다
간절히 받기를 바라는 전화 같지만 사실 그 사람은
바로 나 자신의 전화번호였다

한 통도 오지 않는 전화를 자신이 외롭다 보니
통신사에 선정해 놓은 음악을 들으며 공중전화에서
바보처럼 내가 내 맘을 달래는데
(카발레리아 루스티카나 중 햇빛 쏟아지던 날)
컬러링이 아프게 들려온다

난 왜 이럴까 이 좋은 세상에
아직도 정신을 못 차리고 누가 그토록 그리워서
방황하며 울고 있는지 십 대도 이십 대도 아닌
내가 날이 갈수록 외롭고 가슴이 아플까

마음을 달래며

소리 없이 미끄러져 가는
열차에 몸을 싣고 물안개가 피어오르는
호수를 지나 기차는 외로운 새벽을 달린다

침목이 흐르는 새벽 철로를 따라
난 그대 그리움에 마음을 잡지 못하고 멍하니
창밖을 바라보며 옛 생각에 젖어 든다

긴 꼬리를 문 기차는
단풍이 곱게 물든 산과 강을 지나 벼 이삭이
주렁주렁 고개를 숙인 황금 들녘을 따라
그리운 바닷가로 향한다

바닷가에 발을 내딛는 순간
바다 내음이 코끝에 풍겨오고 백사장을 수없이
밀려왔다 밀려가는 거센 줄 파도는
지난 사랑을 그립게 한다

그대와 백사장을 다정히 거닐며
사랑을 속삭이고 그토록 마음을 주고받았는데
사랑은 슬프게 떠나가고 지금은 눈가에
참았던 눈물방울만 펑펑 쏟고 있다

울 수가 없었어요

나의 병이 힘들고
가눌 수 없어도 울지 않는 것
나의 몸이 아무리 아파도 조용히
기다리는 것

그것은 휠체어에서 팔다리 없는
나보다 더한 이들을 보며 울지 못하기에
그렇습니다

내가 뇌출혈로 쓰러지고
조용히 화장실에서 울려고 보니 병원에
팔다리를 잃은 분들이 많아 참아 울지
못하겠습니다

팔다리를 찍어
내도록 아파도 난 팔다리를 사랑하며
병이 낫기를 기다립니다

―근로복지공단 인천병원 입원

삶이 이토록 아프더냐

지나온 삶이 온통 눈물뿐이구나
문신처럼 지울 수 없는 그 많은 마음의 상처들
세상 끝까지 가져가며 행복을
찾을 수 있겠느냐

세상에서 가장 천한 인생
얼마나 구해야 사랑받고 얼마만큼 마음을 채워야
모든 이에게 신뢰받을 수 있는지
인내의 한계는 한없이 쓰기만 하구나

비록 짓밟히지 않으려고
미소는 짓고 있지만 참고 가기엔 더 많은 가시밭길이
기다리고 자신의 건강만
해칠 뿐인데 영혼인들 온전하겠는가

이제 남은 것은 가슴의 상처뿐이고
가난하고 지친 영혼 더 상하기 전 깨끗한 치유를 위해
무거운 짐 모두 내려놓을 때가
된 것 같은데 이젠 어디에다 머리를
두어야 할까

그러나 단 한 분만이 나를 사랑하시고
지키셨는데 여기서 버티지 못하고 죄만 짓고 떠나게
된다면 십자가에 매달린 저분께
무어라 말할까

난 오늘도 아픔을 참지 못하고
어두운 성전 구석에서 눈물을 쏟으며 그분의 가슴에
또 못을 박고 마음을 아프게 하는구나

—관리집사 시절

사랑과 삶을 노래하며

아픔이 묻어난 나의 시는
애환이 설인 삶을 이야기한 것입니다
상처받은 영혼을 노래한 것이기에 꽃처럼 곱지도
향기롭지도 않은 길들어지지 않은
나그네 방황입니다

감미롭고 정분나도록
사랑을 포장한 시는 가슴 속 그 누군가를 그리워하며
한평생 마르지 않는
눈물이 강물처럼 넘쳐 청혼을 바라보며
영혼을 적십니다

하늘을 향해
자유롭게 써 내려간 수많은 산문시가
고난 속 아픈 영혼을 달래며
거룩한 성역에서 살짝 읊어 댈 수밖에 없는 뼈아픈
사연을 세상 한편에 옮겨
놓은 것입니다

그대의 패션

사랑스러운 그댄
양귀비처럼 고와서 연한 화장발에도 미모는
나이가 들어도 뒤처지지 않고
눈부시게 아름답습니다

외출 길에 멋진 포즈는
바라만 봐도 가슴 설레고 미소 짓는 그대의 모습은
온 동네가 즐겁고 보는 이들에게 한없는
기쁨을 줍니다

요즘 들어 높은 힐에
커다란 선글라스를 쓴 모습이 얼마나 도도한지
모르는데 거기에 바보처럼 빠져 가는
나 자신을 도무지 이해할
수 없습니다

사랑하는 그대는 복스러운
한국의 전형적인 현모양처인 줄로만 알았는데
서양 문화를 따라 또 다른 패션을 따라가니 나 또한
화려한 모습으로 그대의 모양새에
물들어 갑니다

그대는 귀요미입니다

그 여인과 나의 관계를 말하자면
같은 회사 출근을 하면서 그냥 스쳐 가며 눈인사 몇 번
했을 뿐 아무런 사이도 아니었고 아무 관심 없는
회사 직원이었습니다

그러던 어느 날 여인을 눈여겨볼 기회가 왔습니다
회사 각부서 장기 자랑에 그 여인과 여직원들이 신나는
음악과 율동으로 난 그 여인에게 시선을 떼려야
뗄 수가 없게 되었습니다

여인은 두툼한 입술에
검게 탄 피부로 평소 말도 없었는데
그러나 무뚝뚝한 여인이 미소 지으며 춤을 추는 모습이
아름답다 못해 나의 마음을 사로잡는지
여인의 귀요미가 가슴을 녹입니다

저분이 저런 모습도 있었나
난 그 여인을 다시 보게 되었고 내 눈에서
그토록 아른대는지 외모가 별로였던 그 여인이
잔잔한 내 가슴을 흔들어 놓습니다

친구야 아주 많이 축하해

너를 보면 나를 보는 것 같은
나의 친구야 긴 세월 교편을 잡고
홀로 지낸 것을 보면 눈물 나고 얼마나 가슴이
아팠는지 모른단다

그러나 긴 인생 돌고 돌아
너의 짝을 찾았다 하니 옛 시절이 새롭고
기쁨이 가득했으리라 믿는다

그동안 사랑을 위해
끝없이 기도하더니 결국 너의 사랑을 만나는구나
아마 주님이 너의 짝을 찾아 준 게
아닌가 싶다

때늦은 만남이 믿어지지 않고
어린 제자들이 꽃을 들고 찾아와 준 것을 보면
얼마나 부러운지 사랑의 찬사를 보낸단다.

축복하신 그날 지난 삶의 아픔일랑 모두 잊고
영원히 행복하길 바란다

─친구를 보며

이런 사랑이 있다드냐

이런 사랑도 있다드냐
손녀딸이 보고 싶어 아이들 집을 찾아가 놀다
집에 돌아오는데 내 마음이
미어지도록 아픈지 이게 무슨 조화란
말인가

눈망울이 초롱초롱한 손녀딸
얼마나 귀여운지 뽀뽀해주지 않으면 안 될 정도로
예쁜 손녀딸 주은이 내 인생에
주님께서 주신 가장 귀한 선물이라
이 큰 축복을 감당할 수
있을까

나도 갓난아이 땐
나의 외할머니가 하루도 빠지지 않고
새벽예배를 다니며 날 위해
기도하며 애지중지 키웠다는데 이제 그 사랑을 알 것
같은데 가고 없는 사랑에 옷깃을
한없이 적신다

얼마 전엔 주은이가 책상에서 떨어져
다치지는 않았는데도 울고 싶도록 마음이 아파
식사도 못 하고 잠을 설쳐
내가 되려 앓아누웠으니 나도 이제 나이가
들어가는구나

이 사랑이 얼마나 갈는지
주님이 허락하신 그날까지 손녀딸을 위해 기도하며
나의 외할머니 사랑만큼 손녀딸에게
갚아 주리라

뽀뽀쟁이

예쁜 나의 손녀딸
주님께서 주신 나의 가장 소중한 선물
눈에 넣어도 아프지 않을
손녀이기에 보면 볼수록 얼마나 예쁜지 만날 때마다
줄 뽀뽀를 해댄다

외가에 오면 조용한 집이 아내의 얼굴부터 화색이 돌고
웃음보따리는 집 안에 쏟아져 가족 모두가 즐겁다

귀염을 부릴 땐 나의 에간장을 다 태우고
온 집안을 낙서와 서랍장을 모두 꺼내 열어놓아도
예뻐서 뽀뽀만 해 줄 수밖에 없으니
세상 이처럼 행복할 일이 있을까

손녀딸에게 폭 빠져 하루만 못 봐도 눈에 선하고
볼이 달도록 뽀뽀해주고 싶으니 손녀 보는 재미로
난 제2에 인생이 찾아온 것 같다

또한 세상 모든 것 손녀딸에게 다 해주고 싶고
애가 조금이라도 아프면 걱정이 앞서 벌벌 떨게 되고
"주님 내가 대신 아플 수 없나요" 하며 기도한다

예쁜 몸매를 자랑하고 싶습니다

사랑하는 그대께서도 아시겠지만
요즘 난 몸이 몹시 불어 볼품없는 몸매 때문에
밖에 나다니기가 무척 부끄럽습니다

특히 조끼 속에 감춘 뱃살은
누가 보기나 할까 당황스럽고 그렇다고 해서
많이 먹고 몸 관리를 하지 않는 것도 아닌데 못난 몸매는
속도 없이 자꾸 옆으로만 퍼지려고 하니
무슨 경우랍니까

예전에 말라깽이로
늘 통통한 친구들만 보면 부러움을 샀는데
이젠 그럴 일만은 아닌 것 같습니다

예쁜 옷도 입고 싶고 그대 앞에서
멋진 몸매를 자랑하고 싶은데 난 언제 배가 들어갈는지
끝까지 노력해 날씬한 몸매를 그대께
자랑해 보이겠습니다

뒤에서 잠 좀 자지 마세요

잠이 온다 잠이 와
나른한 오후 뒷좌석엔 승객들이 주무시는데
커다란 리무진 고속버스 핸들을 꼭 잡고 있다

주말 점심을 먹고 부천 터미널에서
경부고속도로에 버스를 올렸는데 잠이 와 미치겠다

그럴 것 같아 커피를 마시고 물 수권으로
얼굴을 열심히 닦는데 도움이 되질 않아 에어컨을
틀어보고 경쾌한 음악까지 틀어 봐도 소용없다

음주운전보다도 무서운 게 졸음운전이라더니
대리 운전기사를 부를 수도 없고 100킬로를 준수하며
버스전용차선을 멍하게 달려가는데
하루 운행 중 이 시간대가 가장 힘든 때이다

이번엔 청양고추를 씹어 먹어 보는데
입 안이 얼얼할 뿐 잠을 물리칠 수가 없고 허벅지를
꼬집어도 멍한 것은 그대로 인 것 같다

"오 주님, 오늘도 살펴 주시옵소서"
그러는 중에 사랑하는 사람에게 전화가 왔다
귀에 이어폰을 끼우고 몇 마디 하다 보니
멍한 정신이 맑아지고 잠이 싹 달아난다

—옛 대원고속 근무 때에

회생을 기다리며

그동안 투자했던 코리아 선박회사가
문을 닫는 바람에 금전적인 손실이 너무 커
상한 속을 풀기 위해 차를 타고 비행기가 오르내리는
인천 공항을 향해 가속 페달이 부서지게 밟는다

선박들은 어느 망망대해에 떠 있을까
무역선이 정박해 있는 바다에 잠시 머물다 공항식당을
찾아 식사하는데 음식이 목으로 넘어가질 않아
수저를 놓고 쓰디쓴 커피 잔을
들고 자책해 본다

왜 나는 이토록 바보스러울까
기회가 왔으면 얼른 판단했었어야지
늘 당하고만 있으니 인생 공부 한참 더 해야겠구면
분이 가득한 가운데 맨 정신으로 견디기 힘들어
못 먹는 술까지 마시고 싶다

개 같은 인생 회생할 수 있을까
그래도 회사끼리 법정 공방이 있다기에 좌절은 아직
이루고 조금 더 기다려 봐야 되겠다

증권 시장에서

코스피 코스닥에 빨강 파란 불이
파도처럼 넘실대던 주가가 잔잔한 가슴을
뒤흔들며 투자자의 손길을 기다린다

예전에 경기은행주를 매수했다가
휴지 조각이 난 적이 있는데 친구의 권유로
오랜만에 증권시장에 뛰어들었다

그러나 천당과 지옥을 오르내리는
고수들의 작전에 휘말려 주식 투자가 그때나
지금이나 만만치 않다

눈 깜짝할 동안 개미 군단이
세력들에 끼어 꼼짝도 못 하고 작렬이 죽어 가는
것을 보면 말이 주식 투자지 허가 난
투기나 다름없다

처음 정치 테마주를 친구와 함께
일곱 번은 상한가를 쳤는데 나의 지식보다
그들의 머리가 한 수 윗지라
작전에 실패해 본전도 못 찾고 그들을
이겨낼 수가 없다

예뻐지는 비결

남들 보기에
평범한 얼굴이라도 예뻐지고 미워지는 것은
마음먹기 나름이고 당신의
선택입니다

애써 가꾸지 않은
당신의 얼굴이라 해도 활짝 핀
아름다운 마음이 예쁜 모습을 만들고 영혼
또한 고와져 모든 이들로부터
사랑받습니다

아무리 뜯어고치고
화장발이 얼굴을 받쳐 준다 해도
밤이 새면 지워질 수밖에 없는 게 화장이기에
순간순간마다 예뻐질 순
없는 일입니다

그러나 당신의
고운 마음에서 나오는 미소는
나이가 들어도 아름다운 모습으로 모든 이들의
가슴 속에 영원히 남아 있을 것입니다

저 배는 내 자신이런가

깊어 가는 밤
바다 한가운데 외롭게 떠가는 저 쪽배는
누가 띄워놓았을까

머물 곳 없이 떠다니는
저 밤 배는 그리움에 몸부림쳐 가는 내 마음을
이야기했나 바다 한가운데에
한없이 물결쳐 가네

닻도 내릴 수 없는
망망대해에 정처 없이 떠다니는 저 배는 내 임을
찾아 헤매는 나 자신이 아니런가
처량하기 그지없다

그리움에 물결치는 밤
홀로 떠가는 저 배는 그 누구도 함께해
주지 않는데 조각달만이 벗이 되어
따라간다

5부

울고 있는 당신

주님께 우리의 무거운 짐을
모두 내려놓을 때마다 험난한 가시밭길은 측량할
수 없는 축복으로 채워주시니
허락하신 그날까지 주님의 영광을 위해
살아가겠습니다

우리는 하나입니다

우리는 말을 하지 않아도 언제나
눈빛으로 이야기하고 예쁜 미소로 답을 합니다,
마음 또한 밤낮이 바뀌고 해가 바뀌어도
변함이 없습니다

우린 기도하는 동역자로서
성령이 역사하고 영빨은 살아 눈빛은 바라볼수록
반짝반짝 빛나고 험난한 삶이 찾아와
우리 믿음을 흔들어도 주님 사랑하는 맘은
영원합니다

눈물의 기도는 풀잎에 이슬이 맺도록
밤새 부르짖어도 지치지 않고 주님과 호흡하는
그 순간의 기도는 구수한 밥보다 낫습니다

우리가 무릎을 맞대고
아픔을 부르짖을 때마다 기도는 하늘에 상달되고
그 응답은 소망으로 이루어져
성전은 날이 갈수록 성령이 뜨겁게
역사하십니다

―토요 증보 기도회

118

울고 있는 당신

스잔 부인 오늘도 당신은
예배당에 나와 눈물로 기도를 시작하시나요

그것도 나의 가슴속에까지 찾아와
울고 계시는지 간신히 아픔을 참고 있는
나에게도 눈물을 쏟게 합니다

삶이 그토록 애달프기라도 하셨는지
아니면 남편분과의 사랑이 원만치 않아 긴 세월
울고 계시는지 당신이 걱정됩니다

울고 있는 당신
앞으론 누가 당신을 괴롭히고 힘들게 하거들랑
주님께 살짝 일러 주세요

난 당신의 눈물 젖은 하얀 손수건을
바라볼 때마다 늘 마음이 아팠습니다

―어느 여집사님을 보며

축복하신 주님

사랑하는 주님께선
지난 한 해도 빛 가운데로 인도하시고
새롭게 시작하는 이 한 해도 말씀으로 갈 길을
밝히시니 베풀어 주신 은총은
햇빛보다 곱습니다

내려 주신 주님의 사랑이
메마른 저희 영혼을 촉촉이 적셔주시고
감당할 수 없을 만큼 삶의 기쁨을 만들어 주시니
우리는 언제나 감사와 소망으로
넘쳐납니다

주님께 우리의 무거운 짐을
모두 내려놓을 때마다 험난한 가시밭길은 측량할
수 없는 축복으로 채워주시니
허락하신 그날까지 주님의 영광을 위해
살아가겠습니다

기도는 나를 다듬는다

짧은 통성 기도에 목이 쉽게 쉬는 것은
평소 부르짖는 기도가 부족했다는 것이고 단 하루의
새벽 기도에 육신이 피곤함은 새벽 제단을
제대로 쌓지 않았다는 것이다

또한 주님께 속한 자가
사탄에게 틈을 보여 환난이 다가오는 것도
어떻게 보면 주님과 나 사이가 너무 멀리 있기 때문에
기도하지 않았다는 증거다

영이 깨어 기도 줄을 잡는 자는
설령 힘든 고난이 닫쳐도 피해 가게 하시거나
조용히 왔다 가게 해주시고 어디에 있든 주님은
영육 간에 모든 것을 지켜 주시어 고된 일에도
힘들지 않게 도와주신다

부르짖는 기도에
영발이 팍팍 살아나고 성령이 임할수록
주님과 나의 뜻이 같아져
소원의 기도는 생각만으로 이루어질 수 있어 기도는
할수록 주님은 함께하시고
나를 다듬는다

주님의 동역자

주님의 은총을 받은
목사님 설교를 따라가면 영적 치유가 되고
주님과 인격적인 만남을 갖게 됩니다
또한 새롭게 거듭난 영혼은 예수님을 사랑하고
갈망하게 만듭니다

그러나 주님의 뜻을
아직 깨닫지 못한 형제들은 세상 가운데
너무 힘들게 살고 있어 근심과 걱정이 없어지도록
목사님은 주님 안에서 호흡하게 만들고
아픈 상처는 사랑으로
치유하십니다

목사님은 언제나 주님을
경외하시고 주님은 목사님을 사랑하십니다
또한 주님은 목사님에게 지혜와 성령을 주셔서
잘 사용해 쓰시고
목사님은 성도들에게 은혜 받게
하십니다

카리스마가 넘치는 목사님은
찬양을 아주 좋아하시고 찬양 시간에 성도들과
눈을 맞춰 그 짧은 시간에 기도를
일일이 다 하십니다

주님 따라가기엔 목사님처럼
신뢰 가는 분은 없고 주님 한 분이면 족하게
만듭니다

—부평중앙교회 김영도 담임 목사님

전도의 사명

예수님께선
전도에 대한 것을 알려 주셔서
우리는 기도하며 전도합니다
그러나 전도는 예전과 달리 풍성한 결실을 보지 못해
민망할 때가 많습니다

그렇지만 우리가 전하지
않는다면 그 어떠한 열매도 맺지 못할 것입니다

한 영혼이라도 꾸준히 기도하고
마음을 전하다 보면 아무리 멀리 있는 친구라도
형제가 되어 한 분 두 분씩 만나
주실 것입니다

누구든 전도의 준비가 되었다면
그 십자가를 제때 지고 행하는 것이 참 아름답습니다

그러나 나만 행복하고 신앙생활 잘한다고
세상 영혼이 죽어 가는데 모른 척
바라보는 것은 어떻게 보면 교만 중의 교만이고
아직 천국에 갈 준비하지
않는 자입니다

내 이웃을 전도하면 그만큼 형제들이
구원받고 믿음의 형제가 많아져
교회들이 부흥케 되어 이 나라와 이 민족이 주님께
축복받을 것입니다

심연의 잠에서 깨어나게 하소서

세상 나처럼 기쁨이 넘치고
행복한 자는 없는 것 같은데 그런데도 새해 아침부터
당신께 매달려 눈물을 쏟습니다

날마다 당신께서
베풀어 주신 은은한 그 사랑 감당하기엔
너무 벅차고 감사한데 아이처럼 더 많은 것을 받기를
원하며 떼를 쓰는 걸 보면 내겐 아직도 부족한 게
많은가 봅니다

그동안 당신께 받은 사랑만큼
이젠 세상 친구들에게 베풀어야 할 때인데
그 고귀한 뜻을 펼쳐 보지도 못하니 난 언제 철이 들어
천국에 갈 준비를 할는지 모릅니다

사랑과 은총이 가득한 당신이시어
새해에도 빛으로 갈길 밝히시어 내 영혼에 필요 없는
무거운 짐 모두 내려놓게 하시고 심연의 잠에서
깨어나도록 하소서

어느 선교사를 보며

부평 내과 의사 한 분이
모든 것 내려놓고 아랍 선교사로 떠났습니다

그의 어머니께서는
자식을 의사로 만들기까지 갖은 고생을 다 했는데
그것도 위험한 이슬람 선교사라니
말문이 막히고 모자간의 인연을 끊을 정도로
아픔은 컸습니다

아랍 선교사로 간 지 4년 만에
현지인 양복장이 한 명을 전도하고 지금 죽어도 여한이
없다며 달 보고 울었다고 간증이 전해졌습니다

의사 어머니께서 그러한 자식을 보며
예수를 믿게 되어 보는 이들의 가슴을 무척이나
뭉클하게 했습니다

세상 사람들은 나만 잘 먹고 잘살면
그만이겠지 생각하겠지만 그러나 예수를 믿는
주님의 자녀는 땅 끝까지 그의 나라와 그 의를 이루는
것이기에 우리는 간증한 의사 선생님처럼 전도의
끈을 늦출 수 없습니다

믿음은 성장해야 한다

친구를 전도해 수년을
예수를 믿게 했지만 주일날 아직도 교회를 끌려
나오듯 하니 나의 그리스도의 본이
부족했던 모양이다

새 신자 땐 축하해 주고 많은 성도가
관심을 뒀는데 요즘엔 좀 바빠 돌봐 주지도 못하니
서운해하고 예배를 빼먹기 시작한다

또한 목사님께서 말씀과
사랑을 베풀었음에도 주님을 바라보지 못하고 자기를
알아주는 성도만 골라 따라다니니
조그만 일에도 시험 들어
교회에 얼굴을 들쑥날쑥 비치니 믿음이
처음과 다를 바 없다

어린아이가 젖을 떼야 할 때가
있는 것처럼 어느 정도 믿음 생활을 했으면 사랑을
베풀 줄 알아야 하고 아이 때 믿음보단
이젠 성숙한 신앙인으로 거듭나야 하는데
아쉬울 뿐이다

섬김 봉사는 기쁨으로 해야 한다

값없이 하는 사회봉사나
믿음의 봉사는 언제나 즐겁고 기쁜 마음으로
해야 주고받는 모두가 은혜스럽다
남을 의식하거나 자기 자신을 드러내기 위해서 하는
봉사는 의미가 없다

또한 혼자만의 생각이나 마음의 준비가 안 된 봉사는
오래가지 못하고 잘하는 것 같아도 친구들과 부딪혀
시험에 들기 마련이다 그럴 땐 모든 것을
내려놓고 쉬어야 한다

믿음이 떨어졌을 땐
봉사가 무거운 짐짝처럼 느껴지고
악한 영이 틈타 함께 일하는 친구들까지
힘들게 만들어 모든 일이 은혜가 떨어질 수밖에 없다

나중 충분한 기도 준비가 되어 있을 때 해도 늦지 않다
섬김의 봉사는 물질이든 마음이든 기쁨으로 해야
은혜롭고 선한 속마음은 들키지
않아야 아름답다

평신도 성경교육대학원에서

평신도 총신대학원에서
성경을 배우게 되었는데 교수 목사님의 강의는
시간이 갈수록 은혜 충만해 눈길을
돌릴 수 없다

세상 어느 드라마가
이토록 재미있고 달콤한 게 있을까
그 많은 성경의 말씀은 하면 할수록 이솝 동화 속
이야기보따리보다 재미있고
삼국지 뺨을 친다

예전엔 공부가
지루하고 딱딱해 고개를 절레절레 흔들었는데
성경이 얼마나 흥미진진하고
잘 이끌어 가시는지 멋진 강사의 말씀은
영혼을 사로잡는다

한 주가 시작되는
고요한 저녁 시간 새롭게 다가온 주님을 말씀은
봄꽃 향기와 함께 즐거운 추억으로
물들어 간다

새벽을 깨웁니다

주님께서 허락하신 새날
깊은 잠에서 깨어나 어두운 성전에 불을 밝히며
고요한 새벽종과 함께 예배당의 사역을
시작합니다

성전 강대상에
주님의 종 생수를 올려놓고 새날을 시작하는
감사의 기도와 잔잔한 찬양을 내보내며
차량 운행으로 잠자는 영혼들을
깨우러 나갑니다

반가운 모습으로
마주하는 성도님들 비가 오나 눈이 오나
성전을 찾아 말씀을 사모하며 하늘 영광을 쌓으니
주님께서 내려 주신 이 하루의 은총은
눈이 부셔 옵니다

ㅡ관리집사 시절

전도는 사랑과 그 행위가 전부다

전도는 내 가족을 비롯해
아침 집을 나서는 그 순간부터 전도를
시작해야 한다

전도는 어렵게 생각할 것 없이
때를 얻든 못 얻든 주님의 말씀을 따라 행하되
아름답게 나눌 수 있는 마음 하나면 충분하고
베풀 수 있는 빵 한 조각이면
더할 나위 없다

전도는 일상생활처럼
내 몸에 배어 있어야 하고 평소에 고운 모습과
아름다운 섬김이 그리스도의 본이라
그 자체가 전도다

그러나 전도할 수 있음에도
전도하지 못하고 나만 천국에 가려는 것은
어떻게 보면 심지도 않는 자가
거두려는 것과 같이 회개할 일이다

사랑의 상담사

당신은 오늘도 곪아 터진
인간의 상처를 짜내며 방황하는 자를 끝까지
바로 잡아주시니 믿음 사역을 하는 당신 모습이
참 아름답습니다

가정의 문제와 인생을 논하며
매일 찾아오는 성도들 반갑게 맞아 주시고
커피와 미소로 함께해 주시니 마주할수록 마음이
편해 좋습니다

그렇지만 그토록 힘들고 바쁜데
일일이 상담해 주시고 무거운 형제의 짐을 떠안고
동행하시니 그들에 마음의 상처가 떠나가고
영혼이 맑아짐을 느낍니다

상담 받고자 몰려든 노숙자까지
여의찮으시고 다 같은 사랑으로 베풀어 주시니
수고하신 당신의 손길 위에 주님께선
축복하실 것입니다

―조종운 목사님

주님의 종을 사랑하라

주님의 종을 흔들지 마라
말씀이 좋고 영이 바른데 누가 주님의 종을
함부로 평가하고 심판하겠느냐

주님께서 기름 부은 종은
연세가 많든 적든 주님의 종이기에 서로 존경해라
주의 종이 티가 보인다면 기도해야
할 때가 온 것이다

설령 주의 종이 잘못했다면
심판은 주님이 당연히 알아서 하실 것이기에
세상 권위의식에 아픈 잣대를 들이대지 마라

또한 주님의 일에 끝까지 반기를 들지 마라
매사에 주님께 불순종하는 자는 언젠간 핏값으로
대가를 치를 수도 있고 그 교회는 분란과
환란이 함께 온다

주님의 종을 사랑하는 자는
영이 아름답고 자손들이 대대로 복을 받을 것이나
그러나 불순종에 심기가 불편한 자는
지금 주님과 담이 막혀 있을 것이다

당신은 사랑의 인사

당신의 마음은 사랑이오
예수님을 닮은 세상에 단 하나뿐인 사랑입니다
행하는 일마다 오직 빛과 소금이라
자랑할 것이 너무나 많습니다

세상엔 완벽한 사람이 없다지만
요즘 세상에 보기 드문 사랑의 인사로 누가 질투 할까
가슴에 꼭꼭 숨겨 두고 언제까지나
당신을 존경합니다

당신은 가시밭에 소망이라
하루가 사랑으로 시작해서 사랑으로 끝을 내는
모습을 보면 미소가 절로 피워 오르고 나 자신까지도
하루의 삶이 즐겁습니다

당신은 분명히 이 시대에 주님께서
우리를 위해 보내시고 은혜로운 세상을 만들어 가니
성령 충만한 당신의 사랑 안에 오늘도
행복했습니다

一박진옥 목사님

나는 집 곰입니다

성숙치 않은 신앙에
난 언제나 자유롭기를 바라고 있습니다

주일날 주님께서
나를 부르시는데 조금만 잠을 더 자자 예배당에 가기
싫어 눈을 떴다 감았다 이불을 휘감고 있으니
정말 속 보입니다

아내의 성화에 못 이겨
마지못해 예배당엘 끌려가는 내 신세가 어찌나
가여운지 모릅니다
힘든 직장 생활하면서 하루 정도는 푹 쉬어야 하는데
도살장에 끌려가는 짐승처럼 내 모습이
처량합니다

아이들은 벌써 교회에서
열심히 피아노 연주하고 주일학교 선생질을 하는데
난 주일만 되면 방 안을 뒹굴며
아무 쓸모 짝도 없는 집 곰이 되니 아내에게
늘 싫은 소리를 듣습니다

오늘도 예배를 마치고 집으로 돌아갈 준비를 하며
교회 모퉁이를 돌아가는데 그런데 이게 웬일인가요
어디서 많이 듣던 담임 목사님 음성이
들려옵니다

"김 집사님, 식사나 함께합시다"

바쁘다고 변명을 막 늘어놓으려고 하는데
멀리서 웃고 있는 사랑하는 아내가 보입니다

칼빈 목사님을 찾아

생피에르 교회에 칼빈 목사님은
죽으면서까지 하나님께 모든 영광은 돌리기 위해
장례식도 치르지 말고 묘지 이름도 남기지 말라는
유언인 탓에 묘지는 찾기 어려웠다

현지인의 수소문 끝에
묘지를 찾았는데 묘지는 너무 허술하기 짝이 없다
그나마 칼빈 목사님을 찾는 관광객들이 많아져
최근에 J.C라는 묘석에 영어 약자만
겨우 새겨 놓았을 뿐이다

나는 예수 그리스도를 떠나선
주님의 몸 된 교회가 바로 설 수 없다는 헌신적인
종교개혁에 앞장선 칼빈 목사님을 위해
감사의 기도를 드렸다

장로교회의 진원지였던
제네바시는 다른 유럽 도시와는 달리 유흥가와
퇴색된 업소가 없어 기독교 도시답게
조용하고 아름다웠다

—제네바에서

주님과 함께 하는 삶 천국과도 같다

나의 가는 길은 주님과 함께 하는 길이오
나의 소망은 오직 천국이라 허락하신 그날까지
주님만 섬기며 따라가리

비록 가진 게 없어
가시 같은 삶에 얽매여 고난을 받고 있으나
세상 어떠한 유혹도 주님과 나의 사랑을 갈라놓지
못하겠고 주님과 사이는 더욱 가까워지겠네

주님과 함께 하는 곳엔
축복의 길이 있고 천국과도 같은 세상이 펼쳐지니
이 세상 그 무엇도
부러울 게 없고 밝은 소망은 삶 속에
영원하리라

천국이 따로 있으랴
지금 살아 숨 쉬는 것만으로 축복인데 하물며
주님과 동행하며 천국과도 같은 삶을
미리 살다 가니 내 어이 기쁘지
않으리오

그대를 기다립니다

고달픈 삶이 힘드십니까
그동안 고통받는 세상에서 소망이 가득한
주님의 세계로 그대를 인도하고자 하니 구원받고
거듭나시길 바랍니다

주님은 예전부터 그대를 사랑하시고 오늘도
애타게 기다리며 사랑의 메시지를 보내고 있습니다

남녀를 노소를 막론하고
지난 삶이 잘했든 잘못되었든 간에
묻고 따지지도 않을 주님이시기에 세상 무거운 짐
모두 내려놓고 빈손으로
와도 좋습니다

무엇이 문제랍니까
그댄 너무 신중하게 고민하지 않으셔도 좋습니다

우리는 한 영혼을 구원하기 위해
땅 끝까지 달려가야 할 운명이기에 오늘도 쉬지 않고
그대를 놓고 기도하며 주님과 만날 기회를
만들고 있습니다

천국에 올라갈 포인트

난 천국에 들어갈 준비도 않고 있는데
당신은 천국의 달란트를 열심히 쌓고 계시니
난 당신에게 언제나 도전을
받습니다

난 이 땅에 미련을 두고
곳간에 곡식을 채우기 바빴으나 당신은 하늘에
소망을 두고 어려운 이웃을 위해 곳간 문을 풀어헤치니
당신이야말로 하늘에 영광이 됩니다

오늘도 당신은 한 영혼을 위해
발바닥이 달도록 전도에 임하는 걸 보면 당신의 존재가
참 아름답고 천국의
포인트가 차곡차곡 쌓이는 게 보입니다

이 땅에서 얼마만큼
노력해야 천국에 들어갈 수 있는지 그 무게와
높이를 젤 순 없어도 당신의 뜨거운 믿음을 보면
알 것 같습니다

—전도의 소명을 받은 자 조동이 권사

천국을 보리라

하늘에 소망을 둔 자는
가진 게 없어도 자신의 삶이 행복하겠고
또한 하늘에 영광을 쌓은 만큼
천국을 보리라

그러나
하늘의 소망보다
이 땅에 재물로 눈이 어둔 자는
곳간에 재물은 가득 채울 것이나 더 갖지 못해
죽을 때까지 배가 고플
것이라

주님의 품은 천국이다

내 영이 주님과
호흡하고 있을 때 난 살아 있음이오
내 삶에 가장 행복할 때이다

주님 품에 안길 때가
어머니의 태 속에 놓인 것처럼 그때가 평안했음이오
천국을 미리 살다 가는 축복이라

또한 주님 품에서
삶이 기쁨으로 넘쳤으니 그 인생
지금 끝을 맺는다 해도 감당할 수 없는 축복에
한없는 은총이라

그러나 세상에 미련을 두고
부귀영화 즐거움을 누렸던들 이 땅에 남는 것은
하나도 없고 가치 없는 인생 열매 맺지 못해
빛 없도다

행복 만들기

김득수 지음

발 행 처 · 도서출판 청어
발 행 인 · 이영철
영   업 · 이동호
홍   보 · 천성래
기   획 · 남기환
편   집 · 방세화
디 자 인 · 이수빈 | 김영은
제작이사 · 공병한
인   쇄 · 두리터

등   록 · 1999년 5월 3일
(제321-3210000251001999000063호)

1판 1쇄 발행 · 2022년 12월 20일

주소 · 서울특별시 서초구 남부순환로 364길 8-15 동일빌딩 2층
대표전화 · 02-586-0477
팩시밀리 · 0303-0942-0478

홈페이지 · www.chungeobook.com
E-mail · ppi20@hanmail.net
ISBN · 979-11-6855-108-4(03810)